Un agradecimiento especial a Allan Frewin Jones

A Rosie

DESTINO INFANTIL Y JUVENIL, 2012
infoinfantilyjuvenil@planeta.es
www.planetadelibrosinfantilyjuvenil.com
www.planetadelibros.com
Editado por Editorial Planeta, S. A.

© de la traducción: Macarena Salas, 2011

Título original: *Tusk. The Mighty Mammoth*

© del texto: Working Partners Limited 2008
© de la ilustración de cubierta e ilustraciones interiores:
Steve Sims - Orchard Books 2008
© Editorial Planeta, S. A., 2012
Avda. Diagonal, 662-664, 08034 Barcelona
Primera edición: febrero de 2012
ISBN: 978-84-08-11128-3
Depósito legal: B. 558-2012
Impreso por Liberdúplex, S. L.
Impreso en España – Printed in Spain

El papel utilizado para la impresión de este libro es cien por cien libre de cloro y está calificado como **papel ecológico**.

COLMILLO
EL GRAN MAMUT

ADAM BLADE

POZO

PUERTAS
DEL
CASTILLO

CASTILLO
DE MAVEL

LA CIUDAD DEL OESTE

EL RÍO

ENTRADA A
AVANTIA

PANTANAL

Gorgonia

CAMPAMENTO DE LOS REBELDES DE KALOOM

BOSQUE DENSO

JUNGLA

VALLES

CASTILLO EN RUINAS

EL OCÉANO NEGRO

Bienvenido. Te encuentras al borde de la oscuridad, en las puertas de una tierra horrible. Este lugar se llama Gorgonia, el Reino Oscuro, donde el cielo es rojo, el agua negra y reina Malvel. Tom y Elena, tu héroe y su acompañante, deben venir aquí para completar su siguiente Búsqueda de Fieras.

Gorgonia es el hogar de seis de las Fieras más despiadadas que te puedas imaginar: el minotauro, el caballo alado, el monstruo marino, el perro gorgona, el gran mamut y el hombre escorpión. Nada podrá preparar a Tom y a Elena para aquello a lo que están a punto de enfrentarse. Sus victorias anteriores no significan nada. Sólo su determinación y un corazón fuerte los podrá salvar ahora.

¿Te atreves a acompañar a Tom una vez más? Te recomiendo que des la vuelta. Los héroes pueden ser muy testarudos y es posible que les tienten las nuevas aventuras, pero si decides quedarte con Tom, debes ser valiente y no tener miedo. No hacerlo te llevará a la perdición.

Ten cuidado por dónde pisas...

Kerlo el Guardián

PRÓLOGO

—¡Siente el filo de mi espada! —Marco blandió y atacó con la espada de madera que había hecho con la rama de un árbol—. ¡Toma! ¡Acabo de vencer a otro enemigo de los rebeldes de Gorgonia!

La voz de su madre se oyó desde el asentamiento cercano.

—¡Marco! ¡No dejes de vigilar!

Con un suspiro, Marco se metió la espada en el cinturón y volvió a trepar al árbol de observación, un roble que se encontraba en el límite del bosque. Desde las ramas podía observar el pequeño campamento de rebeldes donde vivía y también podía ver más allá del bosque, hasta las colinas del norte.

El campamento de rebeldes estaba en la zona forestal de Gorgonia. Los líderes de la rebelión se reunían allí para planear el derrocamiento de Malvel, el Brujo Malvado.

El trabajo de Marco era muy importante. Si veía a algún guardián de Gorgonia, su misión era salir corriendo y avisar a los Mayores, los hombres y las mujeres que estaban a cargo del campamento. Al dar la señal de alarma, los rebeldes tirarían sus armas en una fosa y la cubrirían con ramas y hojas, mientras que los líderes se vestirían rápidamente como si fueran cazadores y mercaderes normales.

Marco se acomodó en su rama. Se tapó el cuello con la túnica para protegerse del frío viento. Algo le llamó la atención, un movimiento en una colina lejana. Oteó en la distancia, pero no podía distinguir lo que era. Trepó un poco más alto y soltó un grito de admiración y sorpresa.

Era una criatura colosal, cubierta de escamas brillantes. Sus inmensas alas se extendían a lo ancho y su silueta negra destacaba contra el cielo rojo de Gorgonia. De su nariz salían unas humaradas blancas.

—¡Un dragón! —murmuró Marco.

Nunca antes había visto uno, pero siempre le habían fascinado las historias que le contaban de las hermosas Fieras legendarias. ¡La criatura que tenía delante era definitivamente un dragón!

—¡Es increíble! —dijo Marco. Pero ¿de dónde había salido? En Gorgonia no había dragones.

Tenía que contarles a los Mayores lo que había visto. Estaba a punto de bajarse del árbol cuando notó un movimiento en el límite lejano del bosque. Los árboles se empezaron a mover y a temblar, como si algo inmenso estuviera pasando entre ellos.

Mientras miraba, una criatura gigantesca salió del bosque. Era un mamut tan grande como una casa móvil, con el lomo cubierto de un pelaje largo y marrón que le colgaba desmarañado hasta los pies. El mamut levantó la cabeza, elevando su trompa hacia el cielo, y soltó un rugido profundo de guerra.

Entonces, salió corriendo colina arriba hacia el dragón. Marco pudo apreciar las cicatrices y heridas viejas que tenía en las orejas, pero lo que más le llamó la atención fueron sus comillos largos y curvos. Al correr, le brillaban como si fueran de oro.

El dragón se dio la vuelta y levantó la cabeza. Al ver a la Fiera, abrió las alas, preparándose para alzar el vuelo, pero era demasiado tarde. El mamut agachó la cabeza y lo embistió en su costado escamoso. Después lo enganchó con sus largos colmillos, levantó la cabeza y lo lanzó hacia un lado. Marco miraba horrorizado cómo el mamut rodeaba el cuello del dragón con su fuerte trompa y arrastraba a la indefensa criatura hacia el bosque.

—¡Suéltalo! —gritó Marco.

El mamut levantó inmediatamente la cabeza y Marco gritó alarmado. ¡El monstruo lo había oído! La Fiera estudió el bosque con sus pequeños ojos rojos llenos de furia y, de pronto, arremetió contra los árboles, y los derribó a un lado mientras se lanzaba directo hacia Marco.

El roble tembló cuando la inmensa cabeza del perverso mamut chocó contra el tronco. Se oyó un crujido y las raíces se levantaron del suelo. El árbol empezó a inclinarse peligrosamente.

Marco perdió su apoyo y se quedó colgado por los brazos.

Pero la Fiera había embestido con tanta fuerza que sus dorados colmillos se quedaron enganchados en el tronco del árbol. Empezó a girar la cabeza, intentando liberarse. Un líquido claro y espeso le salía de los colmillos y goteaba por el árbol, desprendiendo un olor horrible y tóxico.

El árbol se había inclinado lo suficiente para que Marco pudiera soltarse y caer a salvo en el suelo.

Se levantó y salió corriendo hacia el pueblo.

Pero mientras corría vio algo que casi le para el corazón. Por el camino se acercaba un pelotón de guardianes de Gorgonia.

CAPÍTULO UNO

¡AL ATAQUE!

—¡Tom! —llamó Elena con una sonrisa—. Si no dejas de jugar con tu nuevo amigo, nunca podremos emprender la nueva Búsqueda.

El chico le devolvió la sonrisa.

—¡Tú harías lo mismo si tu sombra cobrara vida de pronto! —dijo observando la figura negra que desaparecía por una esquina del castillo.

Su sombra había cobrado vida cuando insertó la joya blanca de *Kaymon*, el perro gorgona, en su cinturón mágico.

A Tom se le nubló la vista y de pronto se dio cuenta de que podía ver dos cosas distintas a la vez. Con sus ojos veía la pared del castillo, pero también podía ver con los ojos de su sombra. Era capaz de divisar la tierra de Gorgonia que se extendía en la distancia por detrás de la fortaleza.

—¡Así que éste es mi nuevo poder mágico! —exclamó Tom—. Puedo enviar a mi sombra por delante para ver si hay peligro. ¡Oye! —la llamó—. ¡Ven aquí, por favor!

La sombra apareció dando saltos por una esquina y se detuvo a sus pies.

—¡Vas a ser una gran adquisición para el equipo! —se rió Tom cuando su sombra se volvió a unir a él. Se dio la vuelta y se dirigió a donde estaban Elena y su caballo, *Tormenta*, esperando.

Elena lo miraba interrogante.

—¿Sabes adónde tenemos que ir para nuestra siguiente Búsqueda?

Antes de que Tom pudiera contestar, el aire que había entre ellos empezó a temblar como si fuera agua. Una luz resplandeció y, un segundo más tarde, apareció ante ellos la figura de su amigo, el buen brujo Aduro.

—¿Está *Plata* contigo? —le preguntó Elena ansiosamente. Su lobo había resultado gravemente herido durante su

última Búsqueda, y *Nanook*, el monstruo de las nieves, se lo había llevado por el pasaje que daba a Avantia para que se curara.

—Está a salvo —le aseguró Aduro—. Lo están cuidando bien. Pero ahora os espera una nueva Fiera. Tiene una fuerza increíble. Se llama *Colmillo*.

—¿Es un mamut? —preguntó Tom. Había visto a esos animales de aspecto desgreñado alguna vez en Avantia.

—Sí —contestó Aduro—, pero un mamut como ninguno que hayáis visto antes.

—¿Qué quieres decir? —preguntó Elena.

Se volvieron a formar ondas en el aire y la imagen del buen brujo tembló y parpadeó.

—Vaya, me tengo que ir —dijo con la voz perdiéndose—. Mi magia se está debilitando. Buena suerte, amigos, y tened cuidado. Vais a encontraros con un peligro más grande del que os imagináis.

La imagen desapareció.

A Tom se le hundió el corazón. Esas breves visitas de Aduro siempre le recordaban lo lejos que estaban de su hogar. Pero pronto consiguió quitarse esos pensamientos de la cabeza. «No hay tiempo que perder», pensó. ¡Los esperaba una nueva Búsqueda!

—Por lo menos ahora sé que *Plata* está bien —dijo Elena—. ¿Crees que el mapa de Gorgonia nos dirá adónde tenemos que ir?

—Eso espero —dijo Tom. Sintió una vibración en el escudo. Miró los seis amuletos que le habían dado las Fieras buenas de Avantia y que estaban in crustados en la madera. La escama de *Ferno*, el dragón de fuego, emitía un brillo rojo.

—¡*Ferno* está en peligro! —exclamó Tom. Sacó el mapa que les había dado Malvel. Nunca estaban completamente seguros de si los caminos dibujados en el mapa eran reales o los llevarían a un peligro letal, pero era lo único que tenían para guiarse.

Extendió el mapa y vio la pequeña imagen del dragón de fuego en una región de densos bosques.

—Eso está a más de un día de camino hacia el norte —dijo Elena. Señaló un círculo rojo dibujado en el mapa en el límite del sur del bosque—. Y está cerca del campamento de los rebeldes que marcó Odora.

—Sí —asintió Tom recordando a la chica rebelde que los había ayudado para completar su misión de vencer a *Narga*, el monstruo marino.

—¡Esa marca es de lo único de lo que nos podemos fiar en este mapa!

Se subió de un salto a la montura de *Tormenta*.

—Vamos. ¡Tenemos que rescatar a otra Fiera!

Elena montó detrás. *Tormenta* soltó un relincho muy alto y salió al galope.

—Vamos a pasar cerca del campamento de los rebeldes —dijo Elena—. ¿Crees que deberíamos parar allí para pedir algo de agua y comida?

—Buena idea —dijo Tom.

Muy pronto se encontraron en un terreno de colinas redondeadas y valles forestales. Tom miró su escudo. La escama del dragón ahora tenía un brillo más oscuro. Tuvo un mal presentimiento a medida que *Tormenta* galopaba bajo el sol rojo de Gorgonia. De pronto, a su mente le vinieron unas imágenes de *Ferno* retorciéndose y gimiendo de dolor.

—¡De prisa, muchacho! —apremió Tom.

—¿Qué ocurre? —preguntó Elena, agarrándose con fuerza mientras el caballo aceleraba la marcha.

—Creo que a *Ferno* le queda poco tiempo de vida —dijo Tom mirando por encima del hombro. No pudo disimular la preocupación en su voz—. ¡Espero que consigamos llegar a tiempo!

¿Se habría acabado su Búsqueda antes de empezar?

CAPÍTULO DOS

VIDA Y MUERTE

Las colinas y los valles pasaban a toda velocidad, pero Tom veía en el mapa que todavía les quedaba bastante camino por recorrer para llegar al bosque donde *Ferno* estaba prisionero.

—Coge las riendas —le dijo a Elena pasándoselas por detrás de la espalda—. Yo iré por delante. *Tormenta* avanzará más rápido si sólo va uno encima.

Sin esperar a que *Tormenta* se detuviera, Tom se bajó de la silla. Pegó un salto en el aire sin miedo y aterrizó suavemente dando vueltas en la hierba. En un segundo se volvió a incorporar. El amuleto que le había dado *Arcta*, el gigante de las montañas, y que llevaba incrustado en su escudo lo protegía de las caídas. La armadura dorada mágica que Tom había recuperado en su última Búsqueda ya estaba de vuelta en Avantia, a buen recaudo en el palacio del rey Hugo, pero él seguía teniendo los poderes que ésta le daba, y ahora, con la pernera dorada, podía correr incluso más rápido que su caballo al galope.

Era muy emocionante poder ir a tal velocidad, sentir el viento en el pelo y ver pasar rápidamente los árboles y las rocas mientras avanzaba a toda velocidad por las colinas que se dibujaban como huesos emblanquecidos por el sol bajo el cielo rojo. Sentía como si pudiera correr para siempre.

Pronto los empinados valles que se extendían entre las colinas se volvieron más rocosos, y Tom se dio cuenta de que el árido suelo estaba lleno de esqueletos medio podridos de animales. En el aire se apreciaba el olor pútrido a aguas estancadas. Por fin vio el gran bosque por delante. La imagen era muy triste e incluso desde lejos se podía apreciar el olor a moho. Tom tembló. No era difícil imaginarse las criaturas que podían acechar entre aquellos árboles siniestros.

Miró hacia atrás y se alegró de ver que *Tormenta* seguía cerca.

Los tres amigos siguieron bajando por la colina en dirección al bosque.

—Este lugar parece que está maldito —murmuró Elena mirando hacia los árboles—. Mira, Tom, ¡está todo muerto!

—No todo —dijo Tom temblando

mientras observaba unos grandes helechos de aspecto venenoso que trepaban por los árboles podridos, dejando sin vida las hojas marchitas y ennegrecidas.

—Reconozco esas plantas —dijo Elena con la voz temblorosa—. Se llaman helechos serpiente. Crecen muy rápido y estrangulan todo lo que tocan.

Tom asintió.

—Pero *Ferno* está por aquí, en algún lugar. Tenemos que entrar —dijo, alejando sus propios micdos—. Vamos, no nos queda mucho tiempo.

Se adentró bajo el espeso dosel de ramas. Los árboles estaban muy apretujados y el bosque siniestro apestaba a podrido. Lo único que se movía eran unos sapos flácidos que soltaban babas al saltar sobre la alfombra de vegetación muerta.

Una vibración seguida de un fuerte golpe hizo temblar el bosque. Tom se detuvo y miró a Elena. Se oyó otro golpe y después, un tercero. La tierra temblaba y los árboles se movían a su alrededor.

—Son pisadas —dijo Tom mirando en la oscuridad   . ¡*Colmillo* está cerca!

Tormenta relinchó nerviosamente y retrocedió. Tom le acarició el cuello al asustado caballo.

—No pasa nada —murmuró para calmarlo—. No tengas miedo.

Sujetó las riendas y siguió avanzando. Elena lo seguía de cerca con una flecha cargada en su arco.

—Ten cuidado, no toques los helechos serpiente —le avisó la muchacha—. A la mínima oportunidad, te atrapan, y una vez que te tienen entre sus ramas, no hay manera de soltarse.

Tom asintió y sacó la espada. El hedor casi lo hacía vomitar. Los árboles que los rodeaban soltaban una savia espesa y pegajosa de color rojo que parecía sangre.

Se adentraron en el bosque siniestro, abriéndose paso entre las plantas podridas. Una luz verde se filtraba débilmente entre la maleza. Las pisadas seguían haciendo temblar el bosque.

—Tenemos que llegar hasta donde esté *Ferno* —dijo Tom—. Pero ¿cómo lo vamos a encontrar en este lugar tan espantoso?

—A lo mejor puedes intentar llamarlo —sugirió Elena.

—¡Buena idea! —exclamó Tom—. La joya roja de *Torgor* me ayudará a entenderlo. —Tomó aire con fuerza y puso la mano en la gema escarlata que llevaba en el cinturón—. *¡Ferno!* —gritó. De pronto se le llenaron los oídos de los gruñidos del dragón atrapado.

—¡Lo oigo! —dijo sintiendo un dolor en el corazón al oír sus gemidos lastimeros—. Está pidiendo ayuda.

—¿Dice algo más? —preguntó Elena.

Tom frunció el ceño y se concentró en la voz del dragón que oía en su cabeza.

—Dice algo de espadas gemelas —respondió.

—¿Eso qué quiere decir? —preguntó Elena.

—No lo sé —contestó Tom—, pero ahora no tenemos tiempo para preocuparnos de eso. —Señaló hacia el denso bosque—. Estoy seguro de que su voz viene de ahí. ¡Sígueme!

Se metió entre los árboles, llevando a *Tormenta*. Con la espada apartaba hacia un lado las inmensas plantas muertas y podridas que se almacenaban al pie de

los árboles. Estaba desesperado por llegar cuanto antes hasta el dragón.

Entonces oyó un horrible chillido detrás de él.

—¡Elena! —exclamó Tom al darse la vuelta—. ¡No! —gritó al ver que un helecho serpiente se había enrollado en los tobillos de la chica y la subía hasta las ramas más altas.

CAPÍTULO TRES

¡UNA ELECCIÓN IMPOSIBLE!

Tom corrió hasta donde estaba Elena colgando. El helecho serpiente la había levantado hasta la copa de los árboles, muy por encima de su cabeza. Elena colgaba boca abajo, gritaba y se retorcía, intentando soltarse desesperadamente.

Tom se puso debajo y la miró alarmado.

—No te preocupes —dijo—. ¡Te bajaré! ¿Estás bien?

—No estoy herida —contestó Elena

con la cara roja y los ojos saliéndose de las órbitas—. Esta cosa espantosa me ha pillado por sorpresa, eso es todo.

Un helecho serpiente descendió hacia Tom como si fuera una fina lengua, moviendo la punta. El chico blandió la espada hacia la peligrosa planta y la sesgó. La rama se apartó y empezó a rociarlo todo de savia verde mientras se volvía a meter entre las copas de los árboles.

No había tiempo que perder.

—¡Agárrate a mis manos! —dijo Tom mientras saltaba ayudado por el poder de sus escarpines dorados que lo elevaron por el aire.

Consiguió coger las manos de Elena, pero casi inmediatamente, su amiga soltó un grito ensordecedor.

—No va a funcionar —gritó—. ¡Los helechos me aprietan más las piernas! ¡No me van a soltar!

Tom se quedó colgando, mientras observaba cómo una rama larga del helecho serpiente avanzaba por el cuerpo de Elena y se le enrollaba en el cuello.

Movió las piernas esperando, con el peso de ambos, conseguir soltar a Elena de los helechos.

—¡No, Tom! —exclamó ella. El helecho le apretó más fuerte en el cuello y la estaba ahogando—. ¡Me está estrangulando! ¡Suéltame, por favor!

A regañadientes, Tom soltó a la muchacha y se cayó al suelo. Elena se llevó las manos a la garganta, metió los dedos entre las ramas que la ahogaban y tiró de ellas para intentar respirar.

Tom la miró. ¿Qué podía hacer ahora? A pesar del poder que le daban los escarpines mágicos, no podía saltar lo suficientemente alto para cortar los helechos que tenían atrapada a su amiga. Las fuertes pisadas se seguían oyendo en el bosque y hacían temblar la tierra. Y la voz de *Ferno* seguía sonando débilmente en su cabeza. Tenía que pensar algo rápidamente.

—Te voy a lanzar mi espada para que intentes cortar los helechos —informó a Elena.

—No —dijo ella sin apenas poder respirar—. Si quito las manos, la rama me estrangulará antes de poder cortarla. De momento estoy bien. ¡Ve a salvar a *Ferno*!

A Tom no le gustaba nada la idea de

dejar a Elena en una situación tan peligrosa. Si *Plata* estuviera con ellos, habría enviado al leal lobo a buscar a *Ferno* en tanto que él ayudaba a su amiga.

Mientras Tom dudaba, la voz del dragón sonó más alto en su cabeza, y las fuertes pisadas hicieron temblar los árboles que tenía a su alrededor.

—Las pisadas están cada vez más cerca —le dijo Elena—. Tom, ve a buscar a *Ferno*, ¡rápido!

—¡Volveré en cuanto pueda! —prometió Tom—. Aguanta, Elena. ¡Vamos, muchacho! —Saltó a la silla de *Tormenta* y apremió a su valiente caballo a meterse entre los árboles en dirección a los gemidos del dragón.

Tom tenía la espada preparada y cortaba los helechos que se acercaban demasiado. Las plantas malévolas se alejaban de él al pasar y después lo seguían por detrás. Tom sabía que si no hubiera tenido la espada, los helechos ya lo habrían capturado.

Por fin vio a *Ferno* entre los árboles. El gran dragón estaba acurrucado cerca del tronco de un árbol, con helechos serpiente enrollados por todo su cuerpo, por lo que apenas se podía mover. Parecía agotado. Las perversas ramas le desgarraban las escamas y se enrollaban entre sus patas y sus alas. ¡Pero por lo menos estaba vivo!

Ferno levantó la cabeza al ver a Tom y soltó unas humaradas de humo gris por la nariz.

—No puede echar fuego —murmuró Tom. La Fiera buena estaba indefensa—. ¡Te salvaré! —gritó levantando la espada—. ¡Vamos, *Tormenta*!

El caballo relinchó y salió hacia adelante. ¡Muy pronto Tom cortaría esas plantas asesinas con el filo de su espada y *Ferno* estaría libre!

Pero entonces, una gran figura apareció a su izquierda derribando los árboles. Al principio, todo lo que Tom podía ver eran ramas volando y árboles enteros sacados de raíz y lanzados al aire. De pronto, entre el caos, apareció la Fiera más inmensa que Tom había visto.

Colmillo se abalanzó rugiendo con la trompa en alto y destrozando con las patas al pasar todo lo que se ponía en su camino.

¡La Fiera malvada iba directa hacia ellos!

CAPÍTULO CUATRO

¡VENCIDO!

El ancho y desmarañado lomo de *Colmillo* se elevaba por encima de los árboles más altos. Levantaba la trompa sobre las ramas como si fuera una serpiente monstruosa a punto de atacar. La gruesa piel de su cabeza estaba llena de viejas heridas de guerra y sus inmensas orejas estaban desgarradas por los lados.

Cuando abrió la boca para rugir, llenó el aire con el fétido hedor de su aliento.

Tom observaba horrorizado su gran garganta roja, que era lo suficientemente ancha como para tragárselo de un bocado. Pero lo más temible de la Fiera eran sus largos y curvos colmillos dorados, que tenían grandes arañazos en los lados y las puntas afiladas como navajas. Ahora entendía lo que *Ferno* quiso decir con filos gemelos. Por las puntas le salía un líquido espeso y baboso. ¡Y olía fatal!

La malvada Fiera se acercó hacia Tom con un brillo malévolo en los ojos. A Tom sólo le dio tiempo de levantar su escudo para defenderse antes de que el animal se le viniera encima.

Tormenta retrocedió, relinchó de miedo y se echó hacia un lado. La Fiera levantó con rabia la trompa y rugió. Tom respiró aliviado cuando la cabeza del mamut le pasó rozando por un lado, pero de pronto se le hizo un nudo en el

estómago al ver que perdía el equilibrio y se caía de la montura.

—¡No! —gritó. Echó las manos hacia adelante para amortiguar la caída y sintió que se arañaba las palmas con las plantas muertas. La fuerza de la caída le sacó el aire de los pulmones y se quedó tumbado en el suelo del bosque, con un zumbido en los oídos y un temblor en los huesos. ¡A pesar del golpe, el poder de la armadura dorada había impedido que quedara malherido!

Tormenta retrocedió y se puso a dos patas, relinchando furiosamente y dando coces. Desde donde estaba, Tom podía ver que *Ferno* seguía luchando inútilmente contra los helechos que lo tenían atrapado. Los gemidos de rabia del dragón retumbaban en su cabeza.

Colmillo ignoró al caballo y al dragón, y fijó su mirada en el muchacho. Éste se reincorporó y se alejó entre los árboles con el escudo en alto y la espada en su puño.

—¡Vamos! ¡Estoy listo! —gritó.

El mamut salió en estampida hacia él, segando los árboles con sus colmillos. Mientras Tom intentaba idear la manera de vencerla, vio que la Fiera tenía una joya ámbar incrustada en uno de sus colmillos. ¡Otro amuleto para su cinturón mágico!

Pero ¿cómo lo iba a conseguir?

Entonces una risa familiar resonó en el sofocante aire del bosque.

—¡Malvel! —exclamó Tom buscando a su alrededor alguna señal del Brujo Malvado.

—Nunca podrás vencer a *Colmillo* —dijo la voz fría y cruel—. ¡Te aplastará como a un insignificante insecto!

Tom se llenó de rabia. Alzó la espada y gritó.

—¡Mientras corra la sangre por mis venas, venceré a cualquier Fiera que me envíes!

La risa de Malvel llenó sus oídos, sin embargo Tom no pensaba abandonar su Búsqueda.

Colmillo estaba en una zona de árboles aplastados, observando a Tom con sus ojos malévolos. *Tormenta* se quedó a un lado, dando patadas en el suelo ansiosamente.

Tom sujetó la espada en alto y pegó un salto para acercarse al mamut. El poder que le daban los escarpines dorados le permitió elevarse por encima de sus colmillos y aterrizar en la trompa de la Fiera.

Colmillo rugió de rabia, pero antes de poder quitárselo de encima, Tom volvió

a saltar y esta vez aterrizó en su cabeza. Se puso de rodillas y se agarró con la mano que tenía libre al tosco pelaje de la Fiera para no perder el equilibrio. El chico observó impresionado las profundas cicatrices que cortaban la gruesa piel del monstruo. ¿Cuántas batallas habría luchado y vencido esa inmensa criatura? «¡Tengo que terminar esta batalla cuanto antes!», pensó Tom. ¿Sería su espada lo suficientemente fuerte como para atravesarle el cráneo?

Levantó la espada y se preparó para clavársela a la Fiera en la cabeza.

Pero *Colmillo* era demasiado rápido para él. Movió hacia atrás su inmensa trompa, grande como un tronco. Tom se agachó, pero la trompa le dio en el hombro y lo tiró de espaldas. Antes de que pudiera volver a incorporarse, *Colmillo* movió la cabeza para intentar arrojarlo al suelo.

—¡No pienso dejarte! —gritó Tom. Se agarró con fuerza a la oreja de la Fiera, intentando desesperadamente no caer bajo sus inmensas patas. Veía a *Ferno*, que rugía nervioso y luchaba salvajemente entre las ramas de los helechos. El buen dragón intentaba acudir en su ayuda.

De pronto, *Tormenta* salió al galope, se levantó sobre sus patas traseras y empezó a darle coces al mamut en los costados. Pero era inútil, *Colmillo* apenas notaba los golpes de *Tormenta*. De pronto, la Fiera también se levantó sobre sus patas traseras, elevándose por encima de los árboles y agitando la cabeza con rabia para intentar una vez más deshacerse de Tom. Sus rugidos hicieron temblar el bosque.

El muchacho notó que le estaban fallando las fuerzas. Consiguió incorporarse, pero no era capaz de encontrar un sitio donde poner los pies. *Colmillo* se puso de nuevo sobre las cuatro patas. El impacto hizo que Tom se soltara y cayera al suelo.

Miró hacia arriba horrorizado. Las grandes patas de *Colmillo* volvían a levantarse y cuando bajaran, ¡lo iban a aplastar, a matarlo!

CAPÍTULO CINCO

¡VENENO!

En el último segundo, Tom salió rodando hacia un lado. La sangre le palpitaba en las sienes.

—¡No pienso rendirme! —prometió.

Oyó la voz de Elena que lo llamaba desde el otro lado del bosque.

—¡Tom! ¿Estás bien?

—¡Sí! —contestó él.

Tormenta seguía relinchando salvajemente y golpeando al inmenso mamut con sus cascos.

Con todos sus músculos y la fuerza que le daban los escarpines dorados, Tom volvió a saltar una vez más y aterrizó en la gran cabeza de la Fiera malvada. *Ferno* soltó un rugido de alegría y cuando Tom se volvió, vio que el dragón luchaba incluso con más fuerza que antes contra los helechos.

—¡Vamos, *Ferno*! —animó Tom a la buena Fiera—. ¡Tú puedes!

Colmillo lanzó un rugido de rabia. Después se alejó del dragón y se dirigió con todo su peso hacia los árboles, con Tom todavía subido en su cabeza.

¡Se lo llevaba lejos de su objetivo!

Pero *Tormenta* salió galopando detrás de ellos. Le salía espuma por la boca y le destellaban los ojos mientras perseguía al gran mamut entre los árboles.

Mientras *Colmillo* avanzaba, Tom se tenía que agachar para esquivar las ramas que la bestia hacía caer al pasar y las astillas que salían volando de los árboles.

Pronto se dio cuenta de que el mamut estaba llegando al lugar donde los helechos tenían atrapada a Elena.

Tom se agarró al pelaje áspero de la cabeza de la Fiera y miró hacia adelante. ¡Sí! Ahora podía ver a su amiga. Los helechos serpiente la sujetaban con fuerza en un abrazo letal.

Elena se retorció para poder ver a Tom.

—¡Agárrate con fuerza! —gritó.

Colmillo se detuvo, dando un gran pisotón en la tierra con sus patas mientras miraba entre los árboles. Había oído la voz de Elena. Levantó la trompa y lanzó un rugido ensordecedor al fijar sus ojos rojos en la muchacha, que seguía colgada boca abajo de la copa de los árboles. El mamut se dirigió hacia ella, arrancando árboles con la trompa al pasar.

¡Tom tenía que hacer algo!

Con mucho cuidado, se puso en pie sobre la gran cabeza en movimiento. Sólo tenía una oportunidad para salvar a Elena. Echó el brazo hacia atrás y lanzó su espada dando vueltas en el aire. El filo cortó los helechos que tenían atrapada a su amiga. ¡Pero no era suficiente! Una de las ramas la seguía sujetando por el tobillo.

Tom vio que su espada se había quedado clavada en un árbol y después se caía al suelo. «He perdido mi arma y Elena sigue atrapada», pensó desesperado. Se agarró a la oreja izquierda de *Colmillo* y tiró de ella con todas sus fuerzas, intentando forzar al animal para que fuera hacia un lado. Pero a pesar del esfuerzo, no consiguió ningún efecto en la Fiera malvada. De pronto, *Colmillo* levantó la trompa y la lanzó hacia el chico.

Le dio un golpe con una fuerza tan

brutal que a Tom se le levantaron los pies en el aire y cayó al suelo del bosque.

Mientras el chico yacía en el suelo aturdido e intentando recuperar la respiración, vio que Elena luchaba salva-

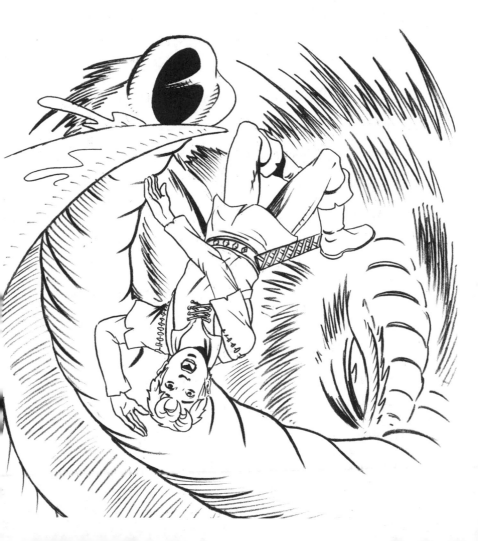

jemente. Tenía la cara roja después de estar boca abajo durante tanto tiempo. Tom se puso en pie y corrió hacia *Colmillo* en un intento desesperado de ayudar a su amiga. *Tormenta* se acercó al galope y el muchacho se subió a la montura de un salto y gritó con todas sus fuerzas:

—¡*Colmillo*! ¡Déjala tranquila! ¡Soy yo a quien quieres!

Pero la Fiera malvada lo ignoró. Estiró su larga trompa hacia Elena, pero antes de que pudiera llegar a ella, la chica empezó a tirar con todas sus fuerzas de la rama verde que la tenía atrapada y por fin consiguió liberarse. Sin embargo, al soltarse, salió volando por los aires. Mientras caía, se pinchó con uno de los colmillos dorados del mamut. Su punta brillante le cortó la piel y Tom vio que le empezaba a salir sangre de la herida.

—¡No! —gritó el muchacho mientras su amiga aterrizaba de golpe contra el suelo del bosque y se quedaba inmóvil.

Se bajó de *Tormenta*, salió corriendo y cogió la espada de donde había caído. Se acercó por detrás a *Colmillo* y le clavó la punta de la espada en la pata.

La Fiera lanzó un aullido de dolor que hizo temblar el suelo.

Tom sacó la espada y se la volvió a clavar, haciendo que saliera un reguero de sangre roja y espesa por las heridas de *Colmillo*.

El mamut rugió de rabia y retrocedió con la espada clavada en su carne. Después se alejó, moviendo la cabeza hacia los lados y dándoles golpes a los árboles con la trompa.

Pero Tom era más rápido. Salió corriendo por el bosque haciendo una curva hasta llegar al lugar donde se había caído Elena.

La ayudó a salir de entre una espesa capa de matorrales.

—Gracias —susurró ella débilmente.

—Todavía no estamos a salvo —dijo Tom mirándola ansiosamente. Examinó la herida que tenía su amiga en el brazo y se dio cuenta de que estaba infectada.

¡Eso significaba que el líquido que le salía a la Fiera malvada de los colmillos era venenoso!

Tenía que hacer algo para ayudar a Elena. Pero ¿qué?

CAPÍTULO SEIS

HUIDA AL PELIGRO

Tom recuperó la esperanza al recordar el campamento de los rebeldes que estaba cerca del límite del bosque. Seguro que allí los podría ayudar alguien.

Pero tenía que actuar rápidamente. *Colmillo* estaba cerca y todavía podía oír sus rugidos de dolor. Sabía que en cualquier momento, la Fiera malvada iría a por ellos.

—¿Puedes andar? —le preguntó a Elena.

Su amiga intentó levantarse con mucho esfuerzo.

—No —gimió—. ¡Se me han dormido las piernas!

—No te preocupes —dijo Tom—. Te llevaré en brazos. Vamos a ir al campamento de los rebeldes.

—Está demasiado lejos —dijo ella—. Nunca lo conseguirás.

En ese momento oyeron un horrible rugido en el bosque y las pisadas de unas patas inmensas que hicieron temblar el suelo.

—¡*Colmillo* viene hacia aquí! —gritó Tom. ¿Cómo iban a escapar a tiempo?

De pronto oyó el sonido de unos cascos entre los árboles. El chico miró hacia arriba. ¡*Tormenta* los había encontrado!

—¡Buen trabajo! —le dijo al caballo cuando éste se paró a su lado—. Quédate con Elena. ¡Yo iré a buscar a *Colmillo*!

Tom salió de su escondite y se puso

delante del mamut, con la espada en alto. La Fiera malvada rugía de frustración y rabia. Movía la trompa y sus ojos ardían como si fueran un horno. Le salía sangre de su pata herida, y dejaba charcos de líquido espeso por donde pisaba.

El muchacho se acercó, blandió la espada hacia sus colmillos venenosos y consiguió hacerle unos tajos profundos con el filo. *Colmillo* levantó la trompa y se preparó para bajarla y darle un golpe letal.

—¡Nunca me alcanzarás! —gritó Tom mientras se lanzaba hacia una zona espesa de helechos serpiente. En el último segundo, saltó en el aire. *Colmillo* fue detrás de él, pero se quedó atrapado entre los helechos. Intentó salir; sin embargo, cuanto más forcejeaba, más lo rodeaban los helechos con sus ramas. Se le enrollaron en los colmillos y la trompa, y empezaron a subir hacia la cabeza y el cuerpo.

—¡Funciona! —exclamó el chico mientras caía a salvo en el suelo del bosque.

Comillo se retorcía y tiraba, pero los helechos lo apretaban cada vez con más fuerza.

Tom volvió corriendo hacia donde estaban esperando Elena y *Tormenta*. Con mucho cuidado, cogió a Elena en brazos y la subió al lomo del caballo.

—Agárrate bien —le dijo, apartándole un mechón de pelo de su pálida cara.

Elena sonrió débilmente y asintió—.

¡*Tormenta*, sígueme! —le ordenó Tom mientras se daba la vuelta. «Tengo que intentar que Elena no note que estoy preocupado», pensó.

Tom corrió entre los árboles con *Tormenta* detrás. En el bosque se seguían oyendo los rugidos furiosos de *Colmillo*. El chico sabía que era sólo cuestión de tiempo que éste consiguiera liberarse y fuera tras ellos.

Salieron del bosque y Tom vio que el campamento de los rebeldes estaba justo delante. Estaba flanqueado por una valla alta de afiladas estacas de madera. El muchacho hizo que *Tormenta* se detuviera y ayudó a Elena a bajarse de la silla. Su amiga tenía la cara gris y estaba temblando.

—¿Elena? —murmuró. Tenía los ojos abiertos, pero estaban vidriosos y en blanco. ¡El veneno estaba actuando muy rápido!

Tom sacó el espolón de *Epos* que estaba incrustado en el escudo. Tenía el poder de curar heridas. Lo pasó por el brazo herido de su amiga. Elena gruñó, pero no ocurrió nada.

«El veneno de Gorgonia debe de ser muy fuerte», pensó. Dejó a su amiga apoyada en un árbol y a *Tormenta* para que la vigilara, y salió corriendo hacia el campamento. Las puertas estaban cerradas y no había ninguna señal de vida.

—¡Hola! —dijo dando golpes desesperadamente en las puertas—. ¡Necesito ayuda!

Sabía que al gritar así pondría en peligro a los rebeldes y desvelaría el lugar del campamento, pero no le quedaba otra opción. ¡Tenía que salvar a Elena!

No contestó nadie. ¿Estaría desierto el campamento? ¿Se habrían ido los rebeldes?

Miró las altas puertas ansiosamente. Era imposible pasar por encima. ¿Cómo iba a llegar al campamento?

«Mandaré a mi sombra —pensó—. Él podrá averiguar lo que está pasando ahí dentro.»

Tom notó una extraña sensación en los pies y, de pronto, su sombra se separó de él, trepó por la valla y se perdió de vista. Muy pronto empezó a ver a través de los ojos de su sombra mientras ésta avanzaba. ¿Dónde se habrían metido todos?

La sombra se asomó por detrás de un cobertizo. Tom silbó entre dientes al ver lo que estaba pasando. Ahora entendía por qué nadie había acudido en su ayuda.

Todos los rebeldes estaban alineados en un espacio abierto que había en mitad del campamento. Los guardianes armados de Gorgonia los vigilaban mientras otros guardianes saqueaban sus cobertizos buscando armas.

A Tom le latió el corazón al distinguir a un chico alto y delgado que estaba al mando de los guardianes. ¡Era Seth! El muchacho ya se había enfrentado a él en otras ocasiones; era uno de los seguidores más fieles de Malvel.

En ese momento, uno de los guardianes gritó y señaló algo. ¡Había visto la sombra! Seth se dio la vuelta y miró con un brillo diabólico en sus ojos azules.

—¡Atrapadlo! —gritó—. ¡No dejéis que se escape!

—¡Vuelve! —susurró Tom con urgencia. La sombra se dio la vuelta y salió corriendo. Unos momentos más tarde, las puertas de madera del campamento se abrieron de golpe y una tropa de guardianes salió corriendo con las espadas en alto.

El plan de Tom había salido terriblemente mal. En lugar de ayudar a Elena, había conseguido meterse en una situación más peligrosa. Tenía que proteger a su amiga y llevarla a un lugar seguro.

Se dio la vuelta para salir corriendo hacia Elena y *Tormenta*, pero de pronto notó que no podía levantar los pies. Por mucho que lo intentara, tenía las plantas pegadas al suelo.

Horrorizado, se dio cuenta de que aquello tenía que ser un efecto de la magia. ¡Mientras su sombra estuviera separada de él, no podría moverse!

CAPÍTULO SIETE

UN VIEJO ENEMIGO

Seth salió corriendo por la puerta, con la espada en alto, y adelantó a los guardianes. Se dirigió hacia Tom con una sonrisa malvada en la boca. El chico forcejeaba, pero no conseguía despegarse del suelo.

Seth era muy buen espadachín. Tom sabía que si no se podía mover, por mucho que intentara esquivar a su enemigo, nunca lo podría vencer.

Pero justo en ese momento, la sombra

de Tom volvió dando saltos por la hierba. Durante un segundo, Seth y la sombra corrían uno al lado de la otra, a unos diez pasos de donde se encontraba Tom indefenso.

—¡Vamos! —apremió el muchacho. Su sombra hizo un esfuerzo final y adelantó a Seth. Pegó un salto en el aire y aterrizó en los pies de Tom.

Éste se volvió sobre sus talones y se echó a un lado justo a tiempo para esquivar la espada de Seth, que le pasó rozando la garganta. Rugiendo de rabia, el seguidor de Malvel levantó la espada otra vez y la bajó con fuerza hacia la cabeza de Tom. Instintivamente, el chico levantó el escudo para bloquear el ataque. Después clavó los talones en el suelo y empujó con el escudo la espada de su enemigo. Luego, levantó su propia espada y le apuntó al corazón.

Pero Seth era demasiado hábil como

para que lo vencieran tan fácilmente. Se tiró hacia un lado, apartando la espada de Tom y moviendo su espada en círculos con ambas manos para intentar cortarle el cuello al muchacho con su afilada arma.

Tom se agachó y el filo de la espada de Seth le pasó rozando por encima de la cabeza. Esperaba que al esquivarlo, su adversario perdiera el equilibrio, pero cuando Tom se lanzó de nuevo, Seth saltó y se puso fuera de su alcance.

Se miraron fijamente.

—¡Voy a disfrutar matándote! —se burló Seth.

—Siento mucho que disfrutes matando —contestó Tom con rabia—. ¡Pero yo no pienso ser tu siguiente víctima!

Seth levantó la espada y atacó a Tom, con un grito de rabia y odio.

El chico se quedó en su sitio. Sujetó la espada con fuerza y la mantuvo en alto mientras Seth bajaba la suya. Las dos espadas chocaron y el impacto hizo que a Tom se le entumecieran los brazos y le temblaran los hombros.

Ahora estaban cara a cara. Tom miró a los ojos claros y rabiosos de Seth, que retorcía la boca con una sonrisa cruel mientras intentaba con todas sus fuerzas empujar la espada de Tom hacia atrás.

Pero éste no le tenía miedo. Lanzó un gruñido al hacer un esfuerzo y darle un golpe en el cuerpo a Seth con su escudo, seguido de una estocada con su espada directa al pecho.

Sin embargo, su enemigo apartó la espada a un lado y dio un paso adelante moviendo su arma. Tom saltó hacia atrás justo a tiempo para esquivar un corte que le hubiera segado la cabeza. Los guardianes de Gorgonia avanzaban hacia ellos con sus espadas listas.

—¡Quedaos atrás! —les gritó Seth a sus hombres—. ¡Éste es mío!

Tom sonrió débilmente. Por lo menos, los guardianes no lo iban a atacar de momento; pero si vencía a su adversario, el muchacho sabía que estarían listos para la ofensiva.

Miró por encima del hombro y vio que Elena estaba tumbada en la hierba con *Tormenta* a su lado. El noble caballo movía la cabeza y relinchaba al ver a su dueño en peligro, pero no iba a dejar sola a la muchacha, a no ser que Tom lo llamara. ¡Ojalá *Plata* estuviera con ellos! Seguro que lo habría ayudado a luchar contra Seth.

Éste volvió a atacar, obligando a Tom a retroceder. El chico recibía una estocada tras otra en el escudo mientras se esforzaba por mantenerse en pie. Seth esquivaba todos los golpes y estocadas que le lanzaba Tom. ¿Cuánto más podría resistir nuestro héroe?

Entonces, Tom vio algo que le devolvió la esperanza. Los rebeldes salían corriendo por las puertas, armados con arcos y flechas. Los hombres de Seth habían dejado de vigilarlos y ahora estaban a punto de pagar por su error.

—¡Ríndete! —le gritó Tom a Seth.

Al joven le brillaron los ojos con malicia.

—Jamás —siseó—. ¡Suelta la espada antes de que te parta en dos!

Se oyó el ruido de las cuerdas de los arcos cuando los rebeldes dispararon a la vez. De pronto, el cielo rojo de Gorgonia se llenó de flechas negras.

Seth se dio la vuelta y observó horrorizado el ataque aéreo.

—¡Detened a los arqueros! —les gritó a sus hombres—. ¡Atacadlos! —Pero los guardianes estaban muertos de miedo al ver que las flechas caían sobre sus armaduras.

Tom sabía que tenía que sacar el máximo partido del ataque de los rebeldes. Corrió hacia donde yacía Elena inmóvil, levantó su cuerpo flácido y la subió a la silla de *Tormenta*. Después llevó al caballo a un lugar del bosque donde estuvieran a salvo.

—Tenemos que alejarnos de esos guardianes —murmuró mientras se escondía detrás del grueso tronco de un árbol.

Una segunda lluvia de flechas oscureció el cielo. Los guardianes huían despavoridos.

Seth dio unos pasos hacia el bosque y buscó a Tom entre los árboles. Pero al mirar por encima del hombro supo que, si no se daba prisa, sus hombres caerían bajo las flechas voladoras.

Le soltó una última maldición a Tom y salió corriendo hacia sus hombres.

—¡Guardianes de Gorgonia! —gritó—. ¡Seguidme!

Se alejó corriendo del campamento, con sus hombres detrás, mientras las flechas les silbaban en los oídos.

—¡Nos volveremos a encontrar! —le advirtió a Tom—. Y ese día, morirás.

Los rebeldes dieron vítores de alegría al ver como huían los guardianes de Gorgonia. Algunos rebeldes corrieron hacia ellos. Tom reconoció a uno, una figura pequeña y delgada que iba delante de los demás.

Era Odora, la chica rebelde que los había ayudado en su batalla contra *Narga*, la serpiente marina. Se había debido de unir al resto de los rebeldes del campamento. El chico dejó a sus amigos y salió al descubierto entre los árboles para encontrarse con ella.

—Elena está herida —dijo Tom, deteniéndose y jadeando. No tenía tiempo para saludos.

—¿Qué le ha pasado? —preguntó Odora sobresaltada.

En ese momento, el bosque se estremeció con los rugidos de la Fiera rabiosa.

—El mamut gigante le clavó un colmillo —explicó Tom—. Se le ha envenenado la herida.

—No te preocupes —dijo Odora—. En el campamento hay una curandera. ¡Te ayudaré a llevarla hasta ella!

—No puedo ir contigo —dijo el muchacho mirando hacia el denso bosque—. Tengo que regresar y enfrentarme a la Fiera que le hizo esto y rescatar a otro buen amigo.

En aquel momento llegaron más rebeldes.

—Ve —dijo Odora, asintiendo comprensivamente—. Haz lo que tengas que hacer. Nosotros llevaremos a la muchacha al campamento.

Tom los llevó hasta donde esperaban

Elena y *Tormenta*. Uno de los hombres cogió las riendas de *Tormenta* y sacó al caballo del bosque, con el cuerpo de Elena descansando sobre su cuello.

El chico sabía que podía confiar en Odora y los rebeldes. Esperaba que pudieran ayudar a su amiga antes de que el veneno acabara con ella.

Los observó mientras regresaban al campamento. Después dio media vuelta y se adentró en el bosque.

¿Tendría la fuerza necesaria para enfrentarse él solo a *Colmillo*?

CAPÍTULO OCHO

NUEVOS ALIADOS

Tom se adentró en los árboles. Podía oír los rugidos de la Fiera malvada y sentir los temblores de la tierra con cada pisotón que daba con sus grandes patas. Aunque no la podía ver, sabía que había conseguido librarse de los helechos serpiente. Siguió avanzando, adentrándose cada vez más en el bosque.

Estaba muerto de miedo, pero no dudó ni un instante; su destino lo esperaba y tenía que internarse en el bosque para encontrarse con él.

Al cabo de un rato, oyó un ruido por detrás que lo dejó paralizado. Se asomó entre la maleza. ¡Ahí había alguien!

—¡Sal y da la cara! —ordenó.

Odora salió de entre las sombras. Detrás de ella había más de veinte hombres y mujeres del campamento de los rebeldes. Algunos estaban armados con arcos y flechas, mientras que otros llevaban armas más rudimentarias, como horcas, hachas y palos. Muchos llevaban unos rollos de cuerda sobre los hombros que terminaban en unos potentes ganchos.

—Queremos ayudarte —dijo Odora—. Casi toda nuestra gente se ha quedado en el campamento para montar guardia, pero no podíamos dejar que te enfrentaras tú solo al mamut gigante. Nosotros también queremos acabar con el poder de Malvel.

Tom sonrió.

—Gracias —dijo—. Acompañadme, pero caminad en silencio.

Siguió avanzando con Odora a su lado y el resto detrás. Los rugidos del mamut se fueron haciendo gradualmente más fuertes y Tom vio un rastro de árboles destrozados. ¡Estaba muy cerca!

Al adentrarse en el bosque, Tom oyó los gemidos lastimeros del dragón cautivo. Le envió sus pensamientos a la Fiera buena. «Mientras corra la sangre por mis venas, ¡no dejaré que mueras!» Notó que sus palabras reconfortaron a *Ferno*.

Esperó hasta que todos los rebeldes se pusieron a su alrededor.

—Debemos separarnos en dos grupos —explicó—. Tenemos que atacar a *Colmillo* por ambos lados a la vez. Usad las cuerdas para tumbarlo, pero procurad que no os pinche con sus colmillos venenosos.

Tom puso a Odora al mando de uno de los grupos de rebeldes y él se encargó del otro. Se separaron y se arrastraron por el bosque. Por fin vieron a *Colmillo*. Rugía y daba pisotones entre los árboles derribados. Tenía enredaderas colgando de las patas y de su ancho lomo. Tom sabía que estaba demasiado concentrado en su lucha contra los helechos serpiente como para ver que se estaban acercando.

Le hizo una señal a Odora. Ella le contestó con un gesto de la mano, y unos segundos más tarde, los dos grupos de rebeldes salieron al espacio abierto.

Colmillo rugió cuando por fin vio a sus atacantes. Sus colmillos dorados brillaron peligrosamente bajo la luz del sol. «¡Demasiado tarde!», pensó Tom esperanzado.

—Usad las cuerdas —les gritó a los rebeldes que se acercaban a la gran Fiera.

Éstos lanzaron una cuerda tras otra y los ganchos se clavaron en la carne del monstruo.

—¡Súbete a su lomo! —gritó Odora.

Los rebeldes tiraron de las cuerdas y empezaron a atacar a *Colmillo* con sus espadas y horcas.

—¡Usad los arcos! —gritó alguien.

Empezaron a disparar, pero las flechas rebotaban en el grueso pelaje. Algunos lo golpeaban con las hachas, pero *Colmillo* apenas parecía notarlo mientras se quitaba a algunos rebeldes de encima y amenazaba con aplastar a otros con sus patas.

—¡Es demasiado fuerte! —exclamó un hombre—. ¡Nunca podremos vencerlo!

—¡Sí, sí podemos! —animó Tom—. ¡No os rindáis!

Se acercó a la gran cabeza de la Fiera, con cuidado de que no lo golpeara con

sus colmillos venenosos. Esperaba que el ataque dejara a *Colmillo* lo suficientemente distraído como para poder acercarse y darle una estocada letal en la garganta.

Pero *Colmillo* no se iba a dar por vencido tan fácilmente. Se retorcía, tirando de las cuerdas y haciendo que los rebeldes se quedaran indefensos colgados de su lomo.

Una voz cruel y fría resonó en los oídos de Tom. Era Malvel, que volvía para burlarse de él.

—¡Nunca me vencerás! —se rió.

—¡Siempre te venceré! —contestó Tom lanzándose hacia la cabeza de la Fiera. Se agachó por debajo de los colmillos del animal, tratando de acercarse lo suficiente para clavarle la espada. Pero por mucho que lo intentaba, no conseguía esquivar los colmillos y la trompa, que se movían sin parar. Vio un brillo de triunfo en los ojos rojos del mamut.

Los rebeldes estaban desesperados, ya que sus armas no hacían ningún efecto en la malvada Fiera. El mamut le pegó un golpe con la trompa a Tom que lo hizo salir rodando, de modo que se le cayó la espada de la mano. *Colmillo* parecía más fuerte que nunca.

Tom consiguió incorporarse y se puso

el escudo delante para protegerse de otro golpe mortal. ¡Si al menos estuviera Elena ahí con él! Sin su amiga, era como si le faltara la mitad de su fuerza y determinación.

La trompa le atestó otro duro golpe que lo hizo caer de rodillas. Los rebeldes hacían lo que podían, pero sus armas no eran mágicas, y las flechas, horcas y palos rebotaban inútilmente en los costados de *Colmillo*.

Oyó que Malvel volvía a reírse de él. Había fracasado. ¡Todo estaba perdido!

Pero entonces, justo cuando *Colmillo* se disponía a levantar su inmensa pata para aplastarlo, Tom vislumbró una figura estilizada que llegaba entre los árboles a lomos de un caballo.

¡Eran Elena y *Tormenta*!

CAPÍTULO NUEVE

BATALLA A MUERTE

Una flecha salió disparada del arco de Elena y se clavó profundamente en la pata delantera de la Fiera. *Colmillo* retrocedió. Sus ojos rojos brillaban de furia cuando otra flecha cortó el aire y le dio en la otra pata.

Colmillo volvió a retroceder y sus rugidos pasaron a ser aullidos de dolor al intentar quitarse las flechas con la trompa. Pero ésta era demasiado grande para agarrar las flechas, y todo lo que conseguía era clavarlas aún más en la dolorida carne de sus patas.

Tom blandió la espada.

—¡Al ataque! —ordenó a los rebeldes.

Odora soltó un grito de batalla y saltó hacia el mamut. Los otros rebeldes se unieron a ella, levantando sus armas y atacándolo. El inmenso monstruo se tambaleó hacia atrás entre los árboles. Sus peligrosos colmillos brillaban y goteaban veneno.

Tormenta se acercó hasta donde estaba Tom. Elena miró a su amigo con un brillo en los ojos.

—¡Estás mejor! —dijo éste impresionado.

—La curandera tenía un antídoto para el veneno —dijo—. Me siento bien. Vamos, ¡tenemos que terminar con esta misión!

Tom corrió al lado de *Tormenta* y se unieron al ataque contra el mamut, que por fin se estaba retirando.

Ahora, los rebeldes tenían rodeada a la Fiera. Algunos se habían cubierto la cara con pañuelos para protegerse del horrible hedor que soltaba su pelaje mate. Le clavaban sus horcas y espadas en las patas obligándolo a adentrarse más en el bosque.

Por encima de los rugidos de *Colmillo*, Tom oía la voz agonizante de *Ferno* en su cabeza. El dragón estaba muy débil. Sus esfuerzos por intentar liberarse de los helechos serpiente lo habían dejado sin energía.

El chico se dio cuenta de que *Colmillo* se dirigía justo al lugar donde *Ferno* estaba atrapado.

Saltó hasta ponerse cerca de la cabeza de la Fiera y blandió su espada. Después se echó hacia un lado para evitar los peligrosos colmillos que se movían en el aire y la trompa que golpeaba el suelo con fuerza. Una vez más le volvió a clavar la espada en las patas, haciéndole heridas por las que salía sangre y obligándolo a retroceder para esquivar el filo de su arma.

Agonizante, *Colmillo* se levantó sobre sus patas traseras, llenando el cielo. Después se tambaleó, incapaz de mantener el equilibrio. Durante un momento de terror, Tom pensó que se le iba a caer encima. Pero a la Fiera se le dobló una de las patas traseras y se cayó de lado, convirtiendo los árboles en astillas y haciendo temblar el suelo al caer.

Ahora que no tenía los árboles delante, Tom vio a *Ferno*, que estaba tumbado cerca, todavía luchando contra los helechos y moviendo débilmente las alas. El mamut hizo un esfuerzo para levantarse, pero al hacerlo, cortó con sus colmillos los helechos que mantenían atrapado al dragón.

—¡Las cuerdas! —gritó Tom a los rebeldes—. Atad a *Comillo* ahora que está en el suelo.

Los rebeldes lanzaron las cuerdas sobre el lomo de *Colmillo* y clavaron los ganchos para intentar impedir que la Fiera malvada se pusiera en pie.

Tom pegó un salto en el aire, utilizando una vez más la magia de sus escarpines dorados y aterrizó en el cuello de *Colmillo*. Se agarró a su oreja y le torció la cabeza para hacerle clavar los colmillos en la tierra.

—¡Ya no vas a hacer más daño con tu veneno! —gritó el muchacho. Después saltó sobre su cabeza y blandió la espada. Con el filo de su arma, le cortó uno de los colmillos. El aullido que lanzó el mamut era ensordecedor, pero Tom volvió a levantar la espada. Consiguió cortar el otro colmillo y, en ese momento, el cuerpo de la Fiera empezó a brillar con una luz verde.

Tom tuvo que cerrar los ojos cuando el intenso resplandor se extendió por todo el bosque. Cuando los volvió a abrir, el mamut había desaparecido. En su lugar había un arco brillante de color esmeralda.

—¡Es Avantia! —exclamó Elena, bajándose de la silla de *Tormenta* y corriendo hacia Tom. Tenía razón. A través del arco se podían ver las hermosas colinas redondeadas de Avantia bajo el cielo azul.

De pronto se oyó un rugido de alegría. Era *Ferno*, que se estaba levantando entre los restos de los helechos y abría sus impresionantes alas a la vez que soltaba llamaradas por la nariz.

—¡Está libre! —gritó Elena—. ¡Ahora puede volver a Avantia!

Tom se quitó el sudor de las cejas. Dio media vuelta y vio que los rebeldes de Gorgonia observaban el arco con admiración. De repente se le ocurrió una idea. «Puedo ayudar a esta gente», pensó.

—Este pasadizo os llevará a la libertad —dijo—. Pero debéis salir ahora; la puerta sólo permanecerá abierta durante un período muy corto de tiempo.

Odora dio un paso adelante.

—Pero ¿qué vamos a hacer con nuestros compañeros, los otros rebeldes?

—No hay tiempo para ir a buscarlos —explicó el chico—. ¡Es ahora o nunca!

Odora asintió. Les dio un abrazo rápido a Elena y a Tom, y se reunió con sus amigos. Los rebeldes intercambiaron unas miradas entre sí durante un momento de duda y después siguieron a Odora por el arco.

Tom se volvió hacia Elena.

—¡Nunca hubiera podido vencer a *Colmillo* sin tu ayuda! —dijo.

Elena sonrió y asintió.

—¡Formamos un buen equipo!

Pero su sonrisa desapareció al ver algo por encima del hombro de su amigo. El chico se dio la vuelta.

Kerlo, el guardián, los observaba bajo los árboles.

—Me preguntaba cuándo aparecerías —dijo Tom, mientras el hombre de un solo ojo se acercaba hacia ellos con su bastón en la mano.

Tenía una expresión sombría en la cara.

A nuestro héroe le entró un miedo frío en el corazón. Algo iba muy mal.

CAPÍTULO DIEZ

LA ADVERTENCIA DEL GUARDIÁN

Tom miró preocupado al guardián mientras éste se acercaba con su bastón. La luz del arco esmeralda se reflejaba en su ojo.

—¿Fue ésa una sabia decisión? —preguntó el anciano.

—¿Cómo puedes preguntar eso? —dijo Tom—. Los rebeldes están luchando contra Malvel. Son buenas personas, ¡se merecen una vida mejor!

—¿Buenas personas? —protestó Ker-

lo—. ¿Estás seguro? ¿Qué pasará si no
quieren que el rey Hugo siga reinando?
¿Qué ocurrirá entonces en Avantia?

Tom miró a través del arco esmeralda,
pero Odora y los rebeldes ya se habían
perdido de vista. Seguro que Kerlo estaba equivocado. Los rebeldes no iban a
ocasionar ningún problema en Avantia,
o eso creía.

Después se volvió hacia el guardián,

pero el harapiento anciano había desaparecido entre las sombras del bosque.

—No le hagas caso —dijo Elena—. Has hecho lo que debías hacer. Liberaste a *Ferno* y venciste a otra Fiera perversa de Malvel. Aduro estaría orgulloso de ti.

Tom asintió, pero seguía preocupado. Un rugido de felicidad de *Ferno* interrumpió sus pensamientos. El dragón se acercó a ellos, con un brillo de orgullo en los ojos. Sus escamas volvían a resplandecer. Levantó su largo hocico y lanzó una llamarada que iluminó el sombrío cielo. Se estaba haciendo de noche, y el cielo rojo de Gorgonia se oscurecía rápidamente. El arco esmeralda brillaba con más fuerza en la oscuridad, pero Tom sabía que pronto desaparecería.

—¡Debes volver a casa ahora, *Ferno*! —le dijo al dragón.

Ferno aleteó y soltó otro alegre rugido. Después bajó la cabeza para dar las gracias a los dos amigos antes de salir volando por el arco esmeralda. Desapareció con un último aleteo de su cola.

—Hemos completado otra Búsqueda —dijo Elena.

Tom asintió.

—Pero deberíamos salir del bosque antes de que anochezca —dijo.

Tormenta asintió con un relincho. Ninguno de ellos quería pasar la noche cerca de los helechos serpiente. Tom cogió las riendas y los tres amigos avanzaron entre los árboles en dirección al campamento de los rebeldes.

De pronto oyeron un ruido por detrás que los hizo detenerse. Tom sacó la espada y Elena puso una flecha en la cuerda de su arco. Esperaron en silencio mientras algo se acercaba.

Una figura gris saltó en la oscuridad.

—¡*Plata*! —gritó Elena, bajando el arco mientras su querido lobo trotaba hacia ellos. *Plata* casi tira a Elena al suelo al empezar a dar saltos a su alrededor, ladrando y moviendo la cola con un brillo en los ojos. Parecía que en Avantia había recuperado por completo su salud. Tom se rió y *Tormenta* relinchó de alegría. ¡Los cuatro amigos volvían a estar reunidos!

Plata se acercó hasta Tom y soltó algo que llevaba en la boca. En el suelo brillaba un objeto, ¡una joya ámbar!

El chico la cogió.

—Es del colmillo del mamut —dijo—. Gracias, *Plata*.

Puso la joya en la ranura de su cinturón mágico. Inmediatamente notó que se llenaba de un nuevo poder. Se volvió hacia Elena.

—¡La joya ámbar funciona! —le dijo—. Me ayuda a ser un mejor guerrero. Siento que me da mucha más destreza para combatir.

Se le llenó el cuerpo de una energía renovada. Lanzó la espada al aire y la volvió a coger con un grito.

—¡Siento lástima por la siguiente Fiera que se atreva a enfrentarse con nosotros! —se rió—. Salgamos de aquí. ¡Seguro que en el campamento de rebeldes nos dan comida y cama!

Pero, al salir del bosque, Tom no podía dejar de pensar en la advertencia del guardián.

¿Qué los esperaría al regresar a Avantia? Muy pronto lo averiguaría. Pero antes, tenían que vencer a una nueva Fiera malvada.

Acompaña a Tom en su nueva
aventura de *Buscafieras*

PINCHO,
EL HOMBRE ESCORPIÓN

¿Podrán Tom y Elena liberar
a las Fieras buenas del Reino Oscuro?

PRÓLOGO

La curandera de Gorgonia se retorcía y murmuraba en sueños. Esa noche tenía unas pesadillas muy extrañas.

Había un chico solo, en un túnel oscuro, con la cara ensangrentada y sudorosa. En la mano llevaba un escudo de madera viejo con seis amuletos incrustados en la superficie. Unas antorchas iluminaban el largo pasadizo, reflejando la sombra inmensa y solitaria del chico en la pared.

De pronto, la sombra del muchacho desapareció bajo otra silueta, la de una Fiera con una cola ondulante y unas pinzas monstruosas que se abrían y se cerraban en el aire.

¡Un escorpión gigante!

La curandera gemía en sueños mientras la silueta se veía con más claridad. El animal era más que un escorpión. ¡Era mitad hombre!

El chico se volvió con la espada en alto y la Fiera lo atacó con sus pinzas afiladas como cuchillas.

—¡Tom!

Se oyó el grito de una chica. Era Elena, la joven a quien la curandera había sanado. Tenía un lobo a su lado y sujetaba un arco con una flecha lista para disparar. Disparó la flecha hacia el escorpión, pero la punta rebotó inútilmente en el cuerpo de la criatura. El chico se tambaleó y la Fiera retrocedió, abriendo y cerrando las pinzas cada vez más cerca de la cabeza del muchacho.

La curandera se despertó de sus sueños casi sin respiración. Se sentó y se abrazó a su manta, con el corazón latiéndole con fuerza. Vio un pequeño escorpión a los pies de su cama. Se levantó, sin apartar la vista del cuerpo negro y brillante del animal. La pesadilla le había salvado la vida. Muchos habitantes de Gorgonia habían perdido la vida mientras dormían por la picadura de escorpiones venenosos que se les habían metido debajo de las mantas.

Salió de la tienda. Todavía podía ver la imagen clara de la cara del chico en su cabeza. Tom. Había oído su nombre recientemente. Elena lo había mencionado. Tom era su amigo.

La curandera tembló mientras intentaba quitarse la sensación de miedo que la invadía. Su sueño era una señal de lo que iba a pasar. Ya había tenido premoniciones antes, pero esta vez esperaba equivocarse.

—Manteneos a salvo, Tom y Elena —murmuró

mirando hacia el cielo rojo que se arremolinaba sobre Gorgonia.

Un escorpión era muy peligroso.

Un escorpión gigante resultaría imparable.

CAPÍTULO UNO

DESTINO AL OESTE

La luz roja sanguinolenta del amanecer de Gorgonia se filtró entre los árboles mientras Tom y Elena salían del bosque con sus fieles compañeros, *Tormenta* y *Plata*, a su lado. Unos pájaros con aspecto de buitres graznaban en las ramas que tenían por encima, y una neblina espesa cubría el suelo.

Tom iba en cabeza, sujetando las riendas de *Tormenta*. Notó que Elena mantenía la mano de forma protectora sobre el hombro peludo de *Plata*. El lobo había resultado gravemente herido durante su penúltima Búsqueda y acababa de regresar al lado de la muchacha. Tom y sus amigos ya habían conseguido sacar del reino de Malvel a cinco de las Fieras de Avantia. *Arcta*, el gigante de las montañas, era la última de las seis Fieras a las que había atrapado el malvado brujo en contra de su voluntad. Si conseguían liberar a *Arcta*, habrían completado la Búsqueda.

Tom se quitó el escudo que llevaba al hombro y observó los amuletos incrustados en la gastada madera.

Eran regalos que le habían dado las Fieras buenas. Normalmente brillaban y temblaban cuando una de ellas estaba en peligro. Pero la pluma de águila de *Arcta* estaba igual que siempre y el escudo no se había movido en mucho tiempo. ¿Dónde habría metido Malvel al gigante de las montañas?

—¿Sigues sin sentir nada? —preguntó Elena.

Tom movió la cabeza.

—Es como si *Arcta* estuviera tan lejos que el escudo no lo pudiera detectar. —Se volvió a echar el escudo al hombro, esquivando la mirada de Elena. No quería que notara lo que temía: que *Arcta* ya estuviera muerto—. A lo mejor, el mapa nos puede dar una pista —dijo.

Sacó el pergamino gastado y apestoso de la alforja de *Tormenta*. Malvel les había dado el mapa cuando llegaron a Gorgonia por primera vez. Cada vez que buscaban una Fiera buena, el mapa le daba una señal a Tom o se dibujaba una línea verde en el pergamino para que él y Elena la siguieran. Normalmente, estas señales o caminos los acababan metiendo en problemas, pero era el único mapa que tenían.

—Nada —dijo Tom desilusionado al observar el mapa.

—De todas formas, no nos podemos fiar de él —señaló Elena mientras Tom lo volvía a guardar.

—Tienes razón —respondió su amigo—. Usaré mi brújula. No nos defraudará.

El tío de Tom le había dado la brújula de plata la primera vez que cumplió años después de haberse convertido en un héroe. En lugar de apuntar al norte, sur, este y oeste, señalaba las palabras *Destino* o *Peligro* que estaban escritas en su superficie. El compás había sido de su padre, Taladón, que en su día fue un Maestro de Fieras de Avantia y desapareció cuando Tom era un bebé.

El chico sujetó el compás y caminó haciendo un círculo completo. Al señalar al oeste, la aguja dio varias vueltas y se paró en la palabra *Destino*. Tom se sintió aliviado. Guardó el compás.

—El compás nos dice que vayamos hacia el oeste —le dijo a Elena—. Seguro que ahí está *Arcta*. Mientras corra la sangre por mis venas, ¡pienso encontrar a *Arcta* y llevarlo de vuelta a casa!

Tormenta relinchó y echó sus negras crines hacia atrás como si estuviera asintiendo. *Plata* salió disparado por el camino, deseando ponerse en marcha, y Tom y Elena aceleraron el paso para seguirlo.

En la distancia vieron algo en el suelo.

—¿Qué es eso? —preguntó Elena, protegiéndose los ojos de la luz roja.

Tom utilizó el poder que le daba el yelmo dorado y que le permitía ver bien de lejos. A pesar de que ya había devuelto la valiosa armadura dorada al completar su última Búsqueda, seguía teniendo sus poderes, y el yelmo le daba una visión muy aguda.

Era un chico. Estaba tumbado en el suelo con un montón de flechas clavadas. Se convulsionaba y Tom notó que tenía la piel fría.

—Es Seth —le dijo a Elena—. Está herido.

Seth era uno de los sirvientes de Malvel. Tom y Elena habían luchado contra él y el chico había intentado matarlos.

—¿Lo vamos a ayudar? —preguntó Elena.

Tom dudó.

Seth era su peor enemigo. ¿Qué debería hacer?

**Sigue esta Búsqueda hasta el final
en el libro PINCHO, EL HOMBRE ESCORPIÓN**

Enfréntate a las Fieras.
Vence a la Magia.

www.buscafieras.es

¡Entra en la web de *Buscafieras*!

Encontrarás información sobre cada uno de los libros,
promociones, animación y las últimas novedades sobre
esta colección.

Fíjate bien en los cromos coleccionables que regalamos
en cada entrega. Cada uno de ellos tiene un código
secreto en el reverso que te permitirá tener acceso
a contenidos exclusivos dentro de la página
web de *Buscafieras*.

¿Ya tienes todos los cromos?
¡Atrévete a coleccionarlos todos!

¡Consigue la camiseta exclusiva de BUSCAFIERAS!

Sólo tienes que rellenar **4 formularios** como los que encontrarás al pie de esta página de **4 títulos distintos** de la colección Buscafieras. Envíanoslo a EDITORIAL PLANETA, S. A. Área Infantil y Juvenil, Departamento de Márketing (BUSCAFIERAS), Avda. Diagonal, 662-664, 6.ª planta, 08034 Barcelona

Promoción válida para las 1.000 primeras cartas recibidas.

Nombre del niño/niña: ....

Dirección: ....

Población: .... Código postal: ....

Teléfono: .... E-mail: ....

Nombre del padre/madre/tutor: ....

☐ Autorizo a mi hijo/hija a participar en esta promoción.

☐ Autorizo a Editorial Planeta, S. A. a enviar información sobre sus libros y/o promociones.

Firma del padre/madre/tutor:

BUSCAFIERAS
Nº 17
PRUEBA DE
COMPRA